A AUGUSTE BARBIER,

IAMBE.

Par Mr E. de Ch***

PARIS,

Chez G. A. DENTU, Palais-Royal, Galerie d'Orléans, 13.

1840.

A AUGUSTE BARBIER,

IAMBE.

Par Mr E. de Ch***.

PARIS,

Chez G. A. DENTU, Palais-Royal, Galerie d'Orléans, 13.

1840.

Ces vers, qui ont été écrits à une époque d'intermi-
nables intrigues et qui ont perdu, peut-être, le mérite
de l'à-propos au point de vue politique, vont aussi le
perdre au point de vue littéraire puisque le satirique
invoqué se réveille avec éclat; mais ils conservent le but
de prouver à l'auteur de la Curée que ses admirateurs
comptent ses jours de silence, et désirent ne le trouver
jamais infidèle à sa noble mission.

A AUGUSTE BARBIER,

Auteur de la Curée.

IAMBE.

———◦———

I.

Que fais-tu donc, jeune homme aux vigoureuses rimes?

    Toi qui levas si haut la voix

Lorsqu'un peuple irrité jeta dans les abîmes

    Le dernier enfant de ses rois?

Vaillant poète ! armé de ton vers ïambique,

Au soleil, tu nous apparus ;

Sur le pavé sanglant de la place publique

Tu vins tomber comme un obus ;

Tu frappas sans pitié, tu frappas au visage

Ces pillards sans cœur, sans remords,

Qui venaient, après coup, sur le champ du carnage,

Fouiller dans la poche des morts ;

Comme sur un cadavre où s'est éteinte l'âme

On voit se percher des corbeaux

Qui le couvent de l'aile et de leur bec infâme

Le déchiquetent en lambeaux.

Oh ! tu fis bien ! La France accueillit ta colère

Et t'applaudit avec amour.

Poursuis, te cria-t-elle, ose venger ta mère,

Tu seras Juvénal un jour !

II.

Et puis, te voilà donc à ton œuvre infidèle,

  En proie aux langueurs du sommeil ;

N'entends-tu pas déjà la plainte maternelle

  Qui sollicite ton réveil ?

De la curée, ami, l'opprobre recommence,

  L'heure sonne, lève les yeux !

N'entends-tu pas hurler de tous côtés, en France,

  La meute des ambitieux ?

Allons ! viens les saisir au milieu de la fête !

  De honte et de mépris couverts

Qu'ils passent devant toi, pâles, baissant la tête

Sous le feu roulant de tes vers.

Vois-les tous accroupis dans un calme cynique,

Sans pudeur et sans passion,

Etaler sous leurs mains la fortune publique,

S'y tailler des parts de lion,

Se liciter entr'eux les choses les plus saintes

Et, vampires altérés d'or,

Ravir à la patrie, en de longues étreintes,

L'honneur, son suprême trésor!

III.

Ils ne savent donc pas que déjà la tempête

Mugit et soulève les flots,

Qu'un tonnerre lointain gronde sur notre tête,

Peuple insensé de matelots !

Que le monde inquiet sans apparente cause,

En vain, interroge les cieux

Et semble, chaque jour, attendre quelque chose

De terrible ou de merveilleux ;

Que les sages pensifs, entendant sous les nues

S'éveiller de tristes rumeurs,

Sont saisis, par moments, d'angoisses inconnues

Et de frissons avant-coureurs ;

Ils ne savent donc pas que sur la France libre,

Le Nord, fixant des yeux jaloux,

Aiguise, pour briser d'un seul coup l'équilibre,

Son glaive, le plus lourd de tous ;

Qu'en armes, il attend, sur les monts, dans les plaines,

L'heure sanglante des combats

Et ramasse sans bruit ses avalanches pleines

D'artillerie et de soldats ;

Ils ne savent donc pas.... Mais, ô ma belle France !

Que leur importe ton destin

S'ils peuvent, au moment où l'orage commence,

Disparaître avec leur butin !

Pareils aux déserteurs qui, les yeux en arrière,

Blêmes, et tremblants pour leurs jours,

Jettent là leurs fusils et fuient dans la poussière

Au premier appel des tambours.

IV.

Et nous, frêles enfants d'une mère énergique,

Nous, éclos au bruit du canon,

Epis encor debout de la gerbe héroïque

  Que moissonna Napoléon,

N'avons-nous plus au cœur ni force, ni courage,

  La paix nous a-t-elle abrutis ?

Ne nous reste-t-il plus qu'à river l'esclavage

  Sur nos poignets appesantis ;

Faut-il donc obéir comme des chiens dociles

  Au geste que ces rhéteurs font ?

Et sous leurs pieds de nains tendre nos cous serviles,

  A leurs soufflets prêter le front !

Ah ! si nous sommes tous des hommes égoïstes

  Que dévore un secret cancer,

Eh bien ! faisons-nous tous tribuns et journalistes,

  Folles cymbales de l'enfer !

Exilons de nos cœurs les humaines pensées,

  Amour, honneur, mots superflus !

Et nos illusions, colombes dispersées

Qui fuient et ne reviendront plus !

Emplissons l'univers de nos disputes vaines ;

Parlons, ne nous taisons jamais,

Que nos âcres fureurs, que nos ardentes haines,

Ruinent chaumières et palais !

Qu'en nous montrant avec une terreur profonde

Tous les peuples disent entr'eux :

Ce sont ces hommes-là qui ravagent le monde

Et lui défendent d'être heureux ;

Ce sont ces hommes-là qui troublent les familles

Avec leurs discours insensés,

Qui brisent les enfants, et sur le sein des filles

Percent le cœur des fiancés.

Oui, qu'on dise cela, qu'on cède à notre rage

Et que rien n'échappe à nos coups,

Oui !.... pourvu que le ciel , las de son propre ouvrage ,

Daigne bientôt crouler sur nous !

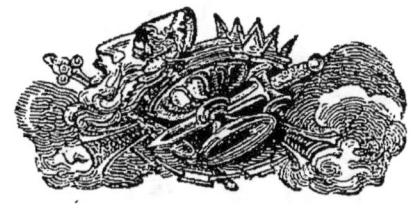

Imp. de Pollet, Soupe et Guillois, rue St-Denis, 380.